ナマケモノで いいんだよ

Lucy Cooke
ルーシー・クック
橋本篤史訳

光文社

はじめに

　ナマケモノは、わたしたちがさらにマインドフルに生きていくための手本としてうってつけの存在です。

　そのゆったりとしたライフスタイルは、人間にたくさんのことを教えてくれます。

　わたしが何年もかけてこの驚くべき生き物を取材したあと、「ナマケモノ鑑賞協会」を立ちあげたのもそれが理由です。

　われわれヒト――自然界のみちびきよりも速く歩むことを決めた、二足歩行のせわしないサルたち――には、時としてちょっとした手助けが必要です。欲しいものをただ追い求めるのではなく、ペースを落とし、今あるものを大事にするにはどうすればよいかを、思い出すための手助けが。

　ナマケモノはいわば、穏やかな天然の禅僧です。6000万年以上も前からこの星に姿を変えて存在し、サーベルタイガーといったほかのすばやい動物が絶滅するなかで生き延びてきました。

　成功の秘訣は、ひっそりとしていて、変化に強い、ものぐさな生態です。

　ナマケモノの落ち着いた生き方は、わたしたち人間だけでなく、地球上すべての生き物にとって有効なお手本となるでしょう。

ルーシー・クック

　この本でご紹介するナマケモノはすべて、赤ん坊のときに中央アメリカの自然保護施設によって助けられた子たちです。
　母親はほとんどの場合、ペットや観光客の見世物にするためにさらわれたり、電線での感電やイヌの攻撃や交通事故によって命を落としたりしました。この孤児たちは、大人になってから元の生息域へ戻されるプログラムの保護下に入っています。

　野生のナマケモノは驚くほど広い行動圏を持ち、つねに単独で行動しています。
　いつも笑っているように見えますが、小さなスペースに閉じこめられたり、ヒトに触れられたりするのは好きではありません。
　ですから、もしあなたがナマケモノを愛しているなら、どうかかれらの生活を尊重してあげてください。
　ペットにしたり（自撮りやハグのために）捕まえたりせず、巻末に挙げたような、ナマケモノを適切に扱ってくれる組織の支援に協力してほしいのです。

ナマケモノってどんな生き物？

スローな動きの秘密

ナマケモノは、アリクイ目ナマケモノ科の哺乳類。前後の足の指が3本のミユビナマケモノと、前足の指だけ2本のフタユビナマケモノの2種類が現生しています。

ナマケモノは一見ぐうたらに見えるかもしれませんが、意味もなくダラダラしているのではありません。

エネルギーを節約するとともに、天敵から自分の身を守っているのです。じっとしていることで周囲の木々に溶けこむことができ、ゆっくりとした動きはオウギワシといった高速で飛ぶ鳥のするどい視線から逃れるのに役立ちます。

甘いものを欠かさない

ナマケモノは低カロリーの木の葉を主食としています。摂取エネルギーは1日あたりたったの160キロカロリーで、6枚切りの食パン1枚分しかありません。

唯一の嗜好品は、ときどき口にするハイビスカスの花です。これは、わたしたちにとってのチョコレートにあたります。花びらを一枚一枚、おいしそうにほおばります。

ムダな汗をかかないわけ

ミユビナマケモノはとてもクールな生き物で、なんと汗をかきません！というのも、かれらには汗腺がないのです。
フタユビナマケモノの場合、鼻などに汗腺がありますが、前後の足にはないため、木からすべって落ちてしまう心配もありません。

生息地

野生のナマケモノは中南米のジャングルにのみ生息しています。
中南米といえばシエスタ（昼寝）で有名ですが、ハンモック発祥の地でもあります。
これは偶然でしょうか？
ほとんどのナマケモノは、一日のうちおよそ60パーセントを寝ているか、ぼんやりとした状態で過ごしています。ですから、ナマケモノと中南米の気風には密接な関係があるのでしょう。

永遠の旅人

ナマケモノ生活のカギを握るのは、がまん強さです。かれらはおいしい葉っぱや日当たりのいい場所を求めてひたすら木の上のハイウェイを移動しつづけます。モットーは「あせらず、楽しくいこう」。
ナマケモノは物音にひるんだりしません。実にリラックスして樹上の移動を楽しみます。ナマケモノの行動範囲はかなり広く、野生のナマケモノが動き回る面積は、サッカーコート5面分にも及びます。

「一人」が大好き

ナマケモノはもともと、内向的な生き物です。
一人でいれば満足なので、仲間を必要としません。
社会性がないわけではありませんが、ほとんどの時間を自分だけで過ごします。
木々の中をゆっくり旅しながら、穏やかに自然と親しむのです。

常に笑顔

ナマケモノは生まれたときから穏やかで満足げな表情をしています。
上向きの口元によりいつも笑っているように見え、また、やさしいまなざしはどこか年長者の知恵を感じさせます。ナマケモノは、幸せに満ちた安らぎの象徴のような動物です。

決してあわてない

ナマケモノは勝ち誇るように木から木へ飛び移ったりしません。つぎの枝へ移る前に、安全かどうか慎重にたしかめてから移動します。
その動きはまるで太極拳の達人のように目立たず抑制されています。ナマケモノは最大でも時速1マイル（約1.6キロメートル）でしか動けません。
これは、全身の筋肉がほかの哺乳類より15倍もゆっくりと動くようにできているためです。

「視点」が違う

ナマケモノは睡眠や食事、出産すらも逆さまにぶら下がって行います。これは、体がその独特な体勢でいられるようにできているためです。ナマケモノの内臓は肋骨に固定されているので、ぶら下がっても呼吸が妨げられません。

また、ナマケモノの「視点」のユニークさはほかにもあげられます。たとえば、ほとんどの哺乳類は頸椎（首の骨）の数が7個で、それはあのキリンも例外ではありません。ですが、ミユビナマケモノは上部のふたつの胸椎が頸椎に進化しており、ほかの哺乳類より首の骨が多いのです。そのため、頭を（笑ったまま）270度も動かせます。しかも、逆さまにぶら下がった状態でそれができるのです。

クールである

ナマケモノの体温は哺乳類のなかでもっとも低く、環境に合わせて爬虫類のように変動します。

また、体温を低く保つだけでなく、木の梢から水のなかへ飛び込んで泳ぐことでも知られています。

意外にも、ナマケモノは泳ぎが得意です。長い前足が、効率的なストロークを描く役に立つというわけです。

マイナスをプラスに変える

ナマケモノは、身近にあるものならなんでも利用します。たとえそれが、お腹にたまったガスのようなちょっと不快な生理的副産物であっても。

ナマケモノの体内には、木の葉中心の食生活の影響で大量のガスが生じます。

かれらはこれを持ち前の浮力装置として、泳ぐときに役立てるのです（前述のとおり泳ぎはナマケモノの得意分野です）。

仕事には時間をかける

ナマケモノの消化能力は大変すぐれているため、ほかの動物なら病気になってしまうような毒を持った葉も食べることができます。その秘密は、大きな胃とたくさんの時間です。

ナマケモノの体は、たった1枚の葉を丸1ヶ月かけて消化することもあります。もしも消化の時間が早まったら、体は毒に侵されてしまうでしょう。

体自体が「生態系」

ナマケモノは「指標生物」(特定の環境にのみ適応するため、その存在が環境条件を知る目安になる生物)です。マクロな視点から見ると、熱帯雨林でのかれらの活動レベルは、環境全体の安定性を示す指標となります。
一方でミクロな視点から見ると、ナマケモノはそれ自体がひとつの生態系です。体毛には蛾に加えて、ほかの場所では見られないような昆虫が住んでいます。また毛皮は藻類(陸上で土壌などに生息する種)に覆われているため、天敵の目をあざむくカモフラージュにもなります。

特技は「抱きつき」

ナマケモノの赤ん坊は、何かに抱きつくのが生まれつき得意です。これは、生後6ヶ月から9ヶ月のあいだ、高い木の上で母親にしっかりとつかまって過ごすためです。赤ん坊は何にでもしがみつきます——木の枝や人間の腕、それにぬいぐるみにさえも。成長したナマケモノは木に抱きつく名人となり、我が家である森の自然のリズムに身をゆだねて暮らします。

独特さこそ強み

ナマケモノは多くの点で独特な生きものです。たとえば前後の足についたかぎ爪は一見使いにくそうに見えますが、実はゆったりとしたライフスタイルに欠かせないものです。ナマケモノはこのかぎ爪のおかげで、まるでふさふさした毛のハンモックのように木からぶら下がり、エネルギーを大幅に節約することができます（さらに、遠くのかゆい場所を掻くときにも役立ちます）。

眠りは絶対不可侵

フタユビナマケモノは、ほぼ例外なく夜行性です。昼のあいだはずっと木の上で眠り、夜は暗がりに隠れて食事をとります。一方、ミユビナマケモノには昼も夜も関係ありません。かれらは一日中、寝たり食べたりを繰り返しています。

もくじ

1 千里の道も一歩から
走らなくていいんだよ
p16

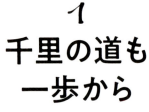

2 笑う門には福来たる
スマイルが道を開く
p46

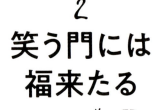

3 孤独のチカラ
一番大事なことは
一人でしかできない
p70

5 見方一つで
世界は変わる
雲の上はいつも晴れ
p124

4 いつも
好奇心を胸に
違う場所にヒントはある
p100

1
千里の道も一歩から

ゆっくりでも着実な者が勝利を収める。

イソップ

前619～前564年頃

古代ギリシアの寓話作家

イソップの「ウサギとカメ」の寓話に由来する言葉。日本のことわざ「急がば回れ」「短気は損気」などと意味が共通する。『イソップ物語』はすべて本人の創作というわけではなく、古代から伝承されていた寓話集を彼が集めたもの。

僕は
遠回りすることが
一番近道だと
信じて
やってます

イチロー
1973年〜
元野球選手

2004年にメジャーリーグ、シーズン最多安打記録を更新。258本の安打を記録した打撃をはじめ、走攻守すべてにおいて称賛を浴びた。幼い頃から高い目標を掲げては周囲を驚かせてきた

いそぐことは
ないよ。
いつかは、
つくさ。

A・A・ミルン
1882年〜1956年
イギリスの児童文学作家

トロイから逃れたアエネイスがさまざまな苦難に耐えながらローマの礎を築く。その伝説を描いた叙事詩『アエネイス』の主人公である彼の一言。

どこに急ぐのだ、死にゆく者よ

ウェルギリウス
前70年～前19年
古代ローマの詩人

お前とわしが、今こうして生きているだけで、十分だと思うがな

ガブリエル・ガルシア・マルケス

1928年〜2014年

コロンビアの小説家

架空の町マコンドを舞台に、ある一族の一〇〇年間を描いた『百年の孤独』(新潮社 鼓直訳)から。マルケスは、「マジックリアリズム」の先導者とされる。

Sequere naturam.
（自然に従え）

ラテン語の格言

の一派であるストア派の主張。同派は、理性に従い心の平安を得ることを求めた。

努力して
勝つことの次に
いいことは、
努力して
負けることよ。

ルーシー・モード・モンゴメリ
1874年～1942年
カナダの小説家

頂上を
目がける闘争
ただそれだけで、
人間の心を
みたすのに
充分たりるのだ。

カミュ
1913年～1960年
フランスの小説家

『シーシュポスの神話』（清水徹訳　新潮文庫）より　神々から罰を受けたシーシュポスは　何とか運び上げるも頂上に達した途端　岩は転がり落ち　何度試みても徒労に終わる。だが、そこに彼の「生きる意味」がある、と著者は言う。

私にとって大事なのは、思考の過程そのものなのです。

ハンナ・アーレント
1906年〜1975年
ドイツの政治思想家

何か
真に価値ある
もののために
微力を尽くそうと願い、
それを試みるだけで
十分である。

カズオ・イシグロ
1954年〜
イギリスの小説家

運に恵まれるほうがいい。
でも俺は
堅実でありたい。
そうすれば
運が向いた時には
準備ができている。

ヘミングウェイ

1899年〜1961年

アメリカの小説家

あまり先のほうを
見据えるのは間違いだ。
運命の鎖は、
一度にひとつの輪しか
つかめないのだから。

ウィンストン・チャーチル
1874年〜1965年
イギリスの第61・63代首相

待て、
そして
希望せよ。

アレクサンドル・デュマ
1802年〜1870年
フランスの小説家

『モンテ・クリスト伯』の主人公エドモン・ダンテスが物語の最後で若き恋人たちに送ったメッセージ。無実の罪で14年間牢に入れられた彼は、脱獄して貴族にまで上り詰め、復讐を果たすクライマックスまで、決して希望を捨てなかった。

私たちは進み続ける。
流れに逆らう
舟のように、
絶えず過去へと
押し戻されながら。

スコット・フィッツジェラルド
1896年〜1940年
アメリカの小説家

全編を通して美しく詩的な情緒をたたえたアメリカ文学の傑作『グレート・ギャツビー』の最後の一節から。

笑う門には
福来たる

2

スマイルが道を開く

君が
笑いさえすれば、
人生は
生きる価値が
ある

ナット・キング・コール

1919年～1965年

アメリカのジャズピアニスト、歌手

チャーリー・チャップリンの映画"モダン・タイムス"の、彼自身が作った挿入曲。後で歌詞がつけられ、コールが歌った。ほかにもマイケル・ジャクソンなど多くのアーティストがカバーしている

"SMILE" Words by John Turner & Geoffrey Parsons, Music by Charles Chaplin ©1954 by BOURNE CO. All rights reserved. Used by permission. Rights for Japan administered by NICHION, INC.

笑顔の効果は
強力である。
たとえその笑顔が
目に見えなくても、
効果に変わりがない。

デール・カーネギー

1888年〜1955年

アメリカの作家・講師

君の機嫌が
悪ければ
悪いほど、
バカなやつに
会う

バンクシー
生年不明
イギリスの匿名芸術家

愛情を受ける人は、大まかに言えば、愛情を与える人でもある。

バートランド・ラッセル
1872年〜1970年
イギリスの哲学者・論理学者

心臓が鼓動を
打つかぎり、
肉体を動かすことが
できるかぎり、
希望を失ってはならん。

ジュール・ヴェルヌ
1828年〜1905年
フランスの小説家

幸福なひとは
だれでも、
ほかのひとまで
幸福にしてくれます。

アンネ・フランク
1929年〜1945年
ユダヤ系ドイツ人

笑いと
上機嫌の
感染力に
かなうものはない。

チャールズ・ディケンズ

1812年～1870年

イギリスの小説家

思いきり
笑って
ぐっすり眠るのが
一番の薬だ

アイルランドのことわざ

人生を
深刻でないものに
することは、
至難のワザだし
偉大な芸術だ。

ジョン・アーヴィング

1942年〜

アメリカの小説家

本来的に
人間的であるもの
以外に
おかしさはない。

ベルクソン
1859年〜1941年
フランスの哲学者

経験によれば、
愛するとは
互いに見つめあう
ことではない。
一緒に同じ方向を
見つめることだ。

アントワーヌ・ド・サン＝テグジュペリ
1900年～1944年
フランスの作家・操縦士

3 孤独の
チカラ

おまえが 今生きている、
そしてこれまで
生きてきた生を、
おまえはもう一度、
さらには何度も
生きなければならない。

ニーチェ
1844年〜1900年
ドイツの哲学者

『悦ばしき知識』そして『ツァラトゥストラ』に何やら悪魔が彼にささやいた言葉。彼の有名な概念「永劫回帰」を説明した一節。神も来世もあてにせず、地上の人生をなんどもそのまま繰り返し生きてもいいと思えるような人生をおくりなさい。

誰も私に何ひとつ教えてくれなかった。私はすべてを自分ひとりで覚えた。

ココ・シャネル
1883年〜1971年
フランスのファッションデザイナー

常に
自分自身であれ。
自分を表現し、
自分を信頼せよ。
成功者の真似を
してはならない。

ブルース・リー
1940年〜1973年
香港の武道家・俳優

どうしても
それをしなければ
ならないの？

オードリー・ヘップバーン
1929年～1993年
アメリカの俳優

生ぜしも
ひとりなり、
死するも
独なり。

一遍
1239年〜1289年
鎌倉時代の僧

伊予生まれの「時宗」の開祖。教えをまとめた『一遍上人語録』から。悲観的なニュアンスが漂うが、実際には「命はそれぞれの人のものなのだから、孤独を大切にして生きよう」という「自立」をうながすメッセージでもある。

たいせつなのは、
自分のしたいことを、
自分で知ってるって
ことだよ。

トーベ・ヤンソン
1914年～2001年
フィンランドの画家・作家

やりたいことを見つけたら、
まずは
そのアイディアを
実現することだけを
考える。

安藤忠雄
1941年〜
日本の建築家

おれは おれを祝福し、おれのことを歌う。

ウォルト・ホイットマン
1819年～1892年
アメリカの詩人

『おれにはアメリカ大陸の歌声が聞こえる』（木島始／小笠原豊樹／飯野友幸訳）所収「おれ自身の歌」から。「自由詩の父」と呼ばれる詩人は本詩集を何度も改訂し、最終版は初版の十倍近くにも及ぶ。自らを愛することの大切さが、ここに歌われている。

この国の
ほとんどの人々が
反感と嫌悪を示しても、
君たちはそれを
乗り越えて行け

スタンリー・クレイマー
1913年〜2001年
アメリカの映画監督

人種差別の偏見を描いた映画『招かれざる客』(1967年)で、黒人医師との結婚を願う白人の娘の父親は、二人を前にこう励ます。新聞社を経営し自称リベラルでありながら娘のこととなると揺らぐこの役を、スペンサー・トレイシーが見事に演じている。

89

車輪が回り、
生命が増殖するためには、
不純物が、
不純なものの中の
不純物が必要である。

プリーモ・レーヴィ
1919年～1987年
イタリアの化学者・作家

ユダヤ人であるため迫害を受け、アウシュヴィッツに送られる。自伝『周期律』（工作舎 竹山博英訳）から。異端を許さず、同調を強制するファシズムを批判した生涯を貫く。

分別のある人間なら、
自分自身という
友とのつきあいに
満足すべきなんです

エミリー・ブロンテ
1818年～1848年
イギリスの小説家

『嵐が丘』の名言。自分の恋人を巧みに横取りされた家主ヒースクリフの無礼さに辟易した主人公が、深夜の別れ際に語った台詞。作家サマセット・モームは『世界十大小説』で本書の傑作ぶりを大いに評価しています。

孤独は、仲間がそばにいるかいないかで測ることはできない。

ヘンリー・デイヴィッド・ソロー
1817年〜1862年
アメリカの随筆家・詩人

たった一人で森に入り、自給自足の生活をしたソローの『森の生活 ウォルデン』は、自身が距離を置く社会を見つめて自問自答した一冊。

わたしは
一人で行こう。
信用できぬ者もいるし、
信用できる者は
わたしにとって
大切すぎる。

J・R・R・トールキン
1892年～1973年
イギリスの作家・言語学者

『指輪物語』(評論社文庫 瀬田貞二・田中明子訳)の主人公フロドは、仲間とともに強大な魔力を持つ指輪を破壊する旅に出るが、その途中、これ以上仲間に被害を及ぼさないために、一人で旅立つことを決意。その心情を語った言葉。

「ある」とは
「ともにある」こと。
私たちは自分一人で
存在することは
できない。

ティク・ナット・ハン
1926年〜
ベトナムの禅僧・平和運動家・詩人

4

いつも好奇心を胸に

違う場所にヒントはある

わたしには、特殊な才能はありません。ただ、熱狂的な好奇心があるだけです。

アインシュタイン
1879年～1955年
ドイツ生まれの理論物理学者

20世紀最高の物理学者とされる彼は、少年時代に抱いた

ふだんは退屈していたちっぽけな物事に、今すぐ熱狂せよ。

アンディ・ウォーホル
1928年〜1987年
アメリカの美術家、映画制作者

時間を
節約すれば
するほど、
生活はやせほそって
いくのです。

ミヒャエル・エンデ
1929年～1995年
ドイツの児童文学作家

「時間泥棒」から「時間」を人々にとり戻した少女の物語『モモ』（岩波少年文庫　大島かおり訳）から。エンデの他の代表作には『はてしない物語』……

生きることは、
たえず
わき道に
それていくことだ。

カフカ
1883年〜1924年
チェコの作家

もしカフカが長生きしていたら『変身』や『審判』といったとげとげしくなりがちな現代文学は違ったものになっていたと安部公房に言わしめた20世紀の大作家は、仕事、人間関係、結婚など人生のあらゆることに悩み続けた。

本当に やりたいこと というのは、
あなたが それを 見つけるよりは、
向こうが あなたを 見つけることの方が、
可能性としては 高い

村上春樹
1949年～
日本の小説家

相手の立場で
考えられるようになるまでは、
本当にその人を
理解することは
できない。

ハーパー・リー
1926年〜2016年
アメリカの小説家

人種差別の残る1930年代のアメリカ南部で、白人女性への暴行容疑で逮捕された黒人青年の裁判を描いた『アラバマ物語』の弁護士の台詞。グレゴリー・ペック主演で映画化もされ、アカデミー賞で3部門を受賞した。

勇気とは、臆病と無鉄砲という両極の悪徳のあいだにある美徳だ。

ミゲル・デ・セルバンテス
1547年〜1616年
スペインの作家

科学と真理にたどり着く唯一の方法だとする権威主義に対し、科学も宗教も共産主義もみなさん同じくらい

ANYTHING GOES.

（何でもかまわない）

ポール・K・ファイヤアーベント
1924年〜1994年
オーストリア出身の科学哲学者

神秘とは、
世界がいかにあるか
ではなく、
世界があるという
そのことである。

ウィトゲンシュタイン
1889年〜1951年
オーストリア出身の哲学者

20世紀初頭の処女作『論理哲学論考』（光文社古典新訳文庫訳）は『論理』を追求して展開していくが、終盤のこの記述以降、語ることも示すこともできない「倫理」、

そして「神秘」について自ら沈黙を守り、『論考』を閉じた。世界がなぜ存在するのか、その答えは語り得ないのである。

宇宙はなぜ、存在するという面倒なことをするのか？

スティーブン・ホーキング
1942年〜2018年
イギリスの理論物理学者

愚か者であれ。

スティーブ・ジョブズ
1955年～2011年
アメリカの実業家・アップル社創業者

今世紀最大の起業家、スティーブ・ジョブズが、スタンフォード大学の卒業式（二〇〇五年）で行ったスピーチの締めくくりの言葉。彼は毎朝、「もし今日が人生最後の日なら

こんな小石でも
何かの役に
立っている

フェデリコ・フェリーニ
1920年〜1993年
イタリアの映画監督

喜びには
苦しみが、
苦しみには
喜びが伴う。

ゲーテ

1749年～1832年

ドイツの詩人・劇作家

魂の若返りを図るために、悪魔との契約と引き換えに若返りの薬を悪魔から得て少女と恋に落ちる悲劇『ファウスト』〈第一部2923行より〉。文豪は本作を60年以上かけて完成させた。

なんだ、これが、
ぼくたちが
さんざんさがしていた
青い鳥なんだ！
ずいぶん遠くまでいったけれど、
青い鳥は、
ここにいたんだな。

メーテルリンク

1862年〜1949年

ベルギー生まれの詩人・劇作家

モーリス・メーテルリンク『青い鳥』（堀口大學訳、新潮文庫）のラストシーンでの台詞。元々は童話劇だったが、ひとたび上演が始まると世界中でまたたく間に評判を呼び、世界的なベストセラーになった。

プロタゴラスは、物事の判断基準となるのは「尺度」、つまり個人の主観を通してしか認識されないと唱えた。唯一の真理は存在せず、あらゆる主観から生まれる「相対主義」の始まりだった。

人間は万物の尺度である。

プロタゴラス
前500年頃〜前430年頃
古代ギリシアの哲学者

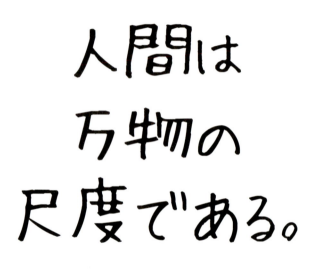

バラの花は、他のどんな名前で呼ばれても、甘く香るでしょう。

ウィリアム・シェイクスピア
1564年～1616年
イギリスの劇作家・詩人

恋に落ちた若い男女の悲恋を描いた『ロミオとジュリエット』で、『ジュリエット』がロミオに向けて贈った言葉。演劇を通じて人間の内面の本質や愛を表現した作品を多く残した。『ハムレット』、『オセロ』、『リア王』、『マクベス』などの四大悲劇をはじめ、世界中で愛され続けている。

夢の実現を
不可能にするものが、
たった一つだけある。
それは
失敗するのではないか
という恐れだ

パウロ・コエーリョ
1947年～
ブラジルの作家

土地こそ、
この世で
ただ一つの拠り所と
なるものだ。

マーガレット・ミッチェル

1900年〜1949年

アメリカの小説家

君の肉体が
この人生に
へこたれないのに、
魂のほうが
先にへこたれるとは
恥ずかしいことだ。

マルクス・アウレリウス
121年〜180年
古代ローマ皇帝

慣れ親しんだものが
見慣れないものに
変わってしまえば、
それは二度と
同じものにはなりえない。

マイケル・サンデル
1953年〜
アメリカの政治哲学者

弱者保護をうたった「女性割当法」を例にハーバード大教授は　哲学には私たちを揺さぶる"リスク"があると言う。『ハーバード白熱教室講義録［4］』（NHK「ハーバード白熱教室」制作チーム＋小林正弥＋杉田晶子訳）から。

人生が一変することを
気に病むのはやめよ。
今まで慣れ親しんだ方が
これからの人生よりも良いと
どうしてわかろうか？

ジャラール・ウッディーン・ルーミー
1207年〜1273年
ペルシアの詩人・神学者

人生は
クローズアップで
見れば悲劇だが、
ロングショットで
見れば喜劇だ。

チャーリー・チャップリン

1889年〜1977年

イギリスの俳優・映画監督

君は
桜桃の味を
忘れて
しまうのか？

アッバス・キアロスタミ
1940年～2016年
イランの映画監督

カンヌ国際映画祭でパルムドールを受賞した映画『桜桃の味』（1997年）から。他の代表作に『友だちのうちはどこ？』『クローズ・アップ』などがある。

幸せは
待ってるもんじゃなくて、
やっぱり、自分たちで
作り出すもの
なんだよ

小津安二郎
1903年〜1963年
日本の映画監督

人生の意味より、人生そのものを愛せ。

ドストエフスキー

1821年〜1881年

ロシアの小説家

謝 辞

まずは、つねにインスピレーションを与えてくれるナマケモノたちに感謝します。また、こうした風変わりな生きものの理解と保護に努めてくれる人々に、心からのハグを送りたいと思います。わたしがナマケモノについて知っていることはすべて、ここに挙げる敬愛すべき人たちから教わったことです。ナマケモノ保護財団のベッキー・クリフとナマケモノ協会のサム・トラルは、長年にわたってその驚くべき知識を惜しげもなく披露してくれました。コスタリカにあるトゥーキャン・レスキュー・ランチ（TRR、現地の野生動物の保護と自然への復帰支援を行う団体）の創設者レスリー・ハウルは、ナマケモノを救うために骨身を惜しまず活動を続けてくれています（彼女の夫・ホルヘ、友人のペドロ、それにTRRで彼女の右腕として活躍するキャロルにも感謝します）。また、パ

ナマの汎アメリカ動物保護協会（APPC）・ナマケモノ孤児院救済センターのネストル・コレアとジスセル・ジャンゲスにも大変お世話になりました。さらに、コスタリカのジャガー・レスキュー・センターとキッズ・セイビング・ザ・レインフォレストには、保護したナマケモノを撮影する機会をいただきました。そして最後に、ロンドン動物学協会が推進するプログラム「エッジ・オブ・エグジスタンス（絶滅危惧種）」のニーシャ・オーウェンにもお礼を言いたいと思います。彼女は絶滅の危機にあるピグミーナマケモノやタテガミナマケモノの保護に献身的に取り組んでくれました。心から敬意を表します。

「ナマケモノ鑑賞協会」に入会して、のんびりとしたナマケモノたちについて最新の情報を共有しましょう。詳しくはslothville.com（英語サイト）をご覧ください。

ナマケモノ保護財団
slothconservation.com

ナマケモノ協会
theslothinstitutecostarica.org

トゥーキャン・レスキュー・ランチ
toucanrescueranch.org

汎アメリカ動物保護協会
appcpanama.org

ジャガー・レスキュー・センター財団
jaguarrescue.foundation

キッズ・セイビング・ザ・レインフォレスト
kidssavingtherainforest.org

エッジ・オブ・エグジスタンス
edgeofexistence.org

ロンドン動物学協会
zsl.org

ルーシー・クック

イギリスの動物学者、映像作家、写真家。主な著書にニューヨークタイムズのベストセラーにランクインした "A Little Book of Sloth" がある。ナマケモノ鑑賞協会 "Sloth Appreciation Society" 創設者。

橋本篤史

翻訳家。法政大学法学部卒。訳書に朱寧『中国バブルはなぜつぶれないのか』、デイヴィッド・サンプター『数学者が検証！ アルゴリズムはどれほど人を支配しているのか？』（ともに共訳）がある。

LIFE IN THE SLOTH LANE:
Slow Down and Smell the Hibiscus
by Lucy Cooke

Copyright © 2018 by Lucy Cooke
Photos copyright © by Lucy Cooke
Design by Stephen Hughes
Japanese translation rights arranged with
Workman Publishing Company, Inc.,
through Japan UNI Agency, Inc.

ナマケモノでいいんだよ
2019年10月30日　初版1刷発行

著　者　ルーシー・クック
訳　者　橋本篤史
　　　　はしもとあつし
発行者　田邉浩司
発行所　株式会社 光文社
　　　　〒112-8011
　　　　東京都文京区音羽1-16-6
電話　　新書編集部 03-5395-8289
　　　　書籍販売部 03-5395-8116
　　　　業務部 03-5395-8125
落丁本・乱丁本は業務部へ
ご連絡くだされば、お取り替えいたします。

ブックデザイン　辻中浩一 + 小池万友美（ウフ）
印刷所　萩原印刷
製本所　ナショナル製本

本書の一切の無断転載及び複写複製（コピー）を禁止します。本書の電子化は私的使用に限り、著作権法上認められています。ただし代行業者等の第三者による電子データ化及び電子書籍化は、いかなる場合も認められておりません。

©Lucy Cooke / Atsushi Hashimoto 2019
Printed in Japan
ISBN978-4-334-96232-6
JASRAC 出 1910408-901